22 Avril 1884

Succession de Mme Vve HUMMEL

OBJETS D'ART

DIAMANTS, BIJOUX, ARGENTERIE

BON MOBILIER

GARNISSANT UN HOTEL

SIS A

LEVALLOIS-PERRET

RUE CHEVALIER, N° 13 (PRÈS LE BOULEVARD BINEAU)

OÙ LA VENTE AURA LIEU

Les Mardi 22, Mercredi 23, Jeudi 24, Vendredi 25 et Samedi 26 Avril 1884

A UNE HEURE

Par le ministère de Me DELAHAYE, Commissaire-Priseur
au département de la Seine,
demeurant à Paris, rue de la Victoire, 43,

Et de Me DUFRESNE, Greffier de la Justice de Paix
du Canton de Neuilly,

Assistés de M. Ch. MANNHEIM, Expert, rue Saint-Georges, 7

Et de M. B. LASQUIN, Expert, rue Laffitte, 12.

PARIS — 1884

IMPRIMERIE
Vve RENOU, MAULDE & COCK
Rue de Rivoli, 144

CATALOGUE

DES

OBJETS D'ART

Faïences italiennes, Faïences de Delft et autres
Porcelaines de Saxe, de la Chine, du Japon, de Sèvres et autres
Objets de vitrine, Émaux, Bois sculptés
Curiosités, Verrerie, Objets divers, Tableaux, Gravures anglaises
Meubles anciens et Bronzes d'ameublement

DIAMANTS, BIJOUX, ARGENTERIE

BON MOBILIER MODERNE

EN BOIS DORÉ, MARQUETERIE, ACAJOU ET CHÊNE SCULPTÉ

DÉPENDANT

De la Succession de Madame Veuve HUMMEL

ET DONT LA VENTE AURA LIEU

PAR SUITE DE DÉCÈS

A LEVALLOIS-PERRET

RUE CHEVALIER, N° 13 (PRÈS LE BOULEVARD BINEAU)

Les Mardi 22, Mercredi 23, Jeudi 24, Vendredi 25 et Samedi 26 Avril 1884

A UNE HEURE

Par le ministère de Mᵉ **DELAHAYE**, Commissaire-Priseur
au département de la Seine,
demeurant à Paris, rue de la Victoire, 43,

Et de M. **DUFRESNE**, Greffier de la Justice de Paix
du Canton de Neuilly.

Assistés de M. **Ch. MANNHEIM**, Expert, rue Saint-Georges, 7
Et de M. **B. LASQUIN**, Expert, rue Laffitte, 12.

CHEZ LESQUELS SE TROUVE LE PRÉSENT CATALOGUE.

EXPOSITIONS

PARTICULIÈRE	PUBLIQUE
Le Samedi 10 Avril	Le Dimanche 20 Avril

DE UNE HEURE A CINQ HEURES

N. B. -- MOYENS DE TRANSPORT :

Chemin de fer de l'Ouest (Gare St-Lazare) : Station de Courcelles Levallois.
Tramways : Madeleine Boulevard Bineau — Madeleine Levallois-Perret.

PARIS — 1884

CONDITIONS DE LA VENTE

Elle sera faite au comptant.

Les Adjudicataires paieront CINQ POUR CENT en sus des enchères.

L'Exposition mettant le Public à même de se rendre compte de l'état des Objets, aucune réclamation ne sera admise une fois l'adjudication prononcée.

ORDRE DES VACATIONS

Le Mardi 22 Avril, à une heure

Faïences anciennes, Porcelaines anciennes. Curiosités.

Le Mercredi 23 Avril

Tableaux et Gravures, Diamants, Bijoux et Argenterie ; Objets de vitrine.

Le Jeudi 24 Avril

Bronzes d'ameublement et Meubles anciens.
Meubles artistiques modernes.

Le Vendredi 25 Avril

Vaisselle et Verrerie, Plaqué, Mobilier courant, Rideaux.

Le Samedi 26 Avril

Batterie de cuisine, Continuation du Mobilier, Literie, Plantes, Meubles de jardin.

DÉSIGNATION

FAIENCES ITALIENNES

1 — Fabrique d'Urbino. — Joli petite Coupe ronde sans pied, décorée d'un buste de jeune femme en corsage orné d'arabesques bleues, et d'une banderolle sur laquelle on lit : *Lucia Diva, 1547*.

2 — Fabrique de Caffagiolo. — Petit Plat décoré d'arabesques et de rinceaux en bleu, jaune d'ocre et vert. Au centre, deux mains unies, surmontées d'une couronne, entre les lettres F. E.

3 — Fabrique d'Urbino. — Coupe godronnée décorée au centre d'un buste de femme dans un entourage d'entrelacs et de fleurons sur fond jaune d'ocre.

4 — Même Fabrique. — Coupe analogue, celle-ci décorée d'un paysage et de palmettes.

5 — Même Fabrique. — Belle Coupe à pied bas, à bord festonné : Saül défait les Amalécites.

6 — Même Fabrique. — Petit Plat godronné à figure d'amour au centre, et compartiments de grotesques.

7 — Même Fabrique. — Petite Coupe de même forme, décorée d'une figure d'Amour entouré d'oiseaux et de rinceaux.

8 — Faience Italienne. — Grand Plat représentant un Saint Apôtre et un homme agenouillé dans un paysage.

9 — Fabrique de Castelli. — Plat rond : Ruines et Figures dans un paysage.

10 — Même Fabrique. — Plaque ovale, sujet biblique.

11 · Fabrique des Abruzzes. — Plat creux décoré d'une figure de porte-étendard.

12-15 — Six Pièces : Encrier, Bénitier et Salières en ancienne faïence d'Urbino.

16 — Groupe en ancienne faïence italienne, composé d'une grotte, contenant le Christ en croix, adoré par une Sainte femme et entouré d'anges.

17 — CASTELLI. — Tasse avec présentoir et un petit Plat décorés de paysages et de pastorales.

FAIENCES DE BERNARD PALISSY

18 — Coupe de forme ovale sur pied bas, à godrons, en brun et bleu, séparés par des tresses, avec cavité centrale marbrée.

19 — Petite Coupe, forme coquille, avec figure de l'Abondance en relief.

20 — Plat ovale, genre Bernard Palissy : la belle Jardinière.

FAIENCES DE DELFT

21 — Trois Assiettes en vieux Delft, décor polychrome, dit au tonnerre.

22 — Une autre Assiette, de même fabrique, décor polychrome, à compartiments de fleurs.

23 — Coupe à couvercle avec bordure festonnée, à décor japonais en bleu, rouge et or.

24 — Une Potiche à pans, et deux Bouteilles en vieux Delft, décor polychrome en bleu, rouge et vert, de style japonais.

25-26 — Trois Plaques en vieux Delft, décor bleu, à sujet Watteau, et vues de villes avec rivières.

27 — Deux Vaches en faïence de Delft.

28 — Potiche et deux Cornets en faïence de Delft, surdécorés en bleu et rouge, à rehauts d'or.

29 — Jolie Assiette à décor en bleu et rouge, rehaussé d'or, à rosace au centre et lambrequins au marli.

30 — Couvercle de beurrier, formé d'une vache couchée; décor polychrome.

31 — Groupe équestre en faïence blanche.

FAIENCES DIVERSES

32 — Deux Lions assis, en ancienne faïence de Rouen.

33 — Deux Plats, l'un rond, l'autre oblong, en ancienne faïence de Strasbourg ; décor de fleurs.

34 — Soupière et un Plat en ancienne faïence de Strasbourg, à fleurs.

PORCELAINES ANCIENNES DE LA CHINE ET DU JAPON

35 — Joli Compotier en ancienne porcelaine mince de la Chine, décoré en émaux de la famille rose d'un sujet familier de trois figures, avec bordure rose à réserves de fleurs ; l'extérieur est émaillé en rouge d'or.

36 — Compotier octogone en vieux chine, décoré en émaux de la famille rose de deux cerfs près d'un rocher fleuri, bordure bleu d'eau à lambrequins quadrillés.

37-47 — Environ 40 Pièces : Plats et Assiettes en ancienne porcelaine de la Chine et du Japon de belle qualité.

48 — Deux Chimères en ancien blanc de Chine.

49-54 — Environ 20 Pièces : Flacons, Hanaps, Potiches, Théières, Tasses, etc., en ancienne porcelaine de Chine et du Japon.

55 — Figure de Japonaise en vieux Japon.

56 — Coupe à couvercle en vieux Japon, avec monture de bronze.

57 — Trois petits Vases en porcelaine de Chine, à montures de bronze.

58 — Deux Coupes en porcelaine de Chine et de l'Inde, montées en bronze.

PORCELAINES DE SAXE

59 — Grande Figure de berger avec un chien et un mouton en vieux Saxe.

60 — Trois jolies Figurines en vieux Saxe : l'Europe, l'Asie et le Printemps.

61 — Figure de bergère en jupe violette et manteau vert, vieux Saxe.

62 — Petite Pyramide en vieux Saxe, à décor de fleurs et branchages en relief.

63 — Groupe en ancienne porcelaine de Niederwiller : le Sommeil d'Endymion.

64 — Tasses et Soucoupes en porcelaine de moderne et de Vienne, à décors variés.

65-72 — Environ trente-cinq Groupes et Figurines en porcelaine de Saxe moderne et porcelaines diverses.

73 — Très grand Groupe en Saxe moderne : le Char de Vénus.

74 — Deux Chiens griffons en Saxe moderne.

75 — Quatre Figurines de Muses en Saxe Marcolini.

76-77 — Épagneul et petit Griffon en Saxe moderne.

PORCELAINES DE SÈVRES ET AUTRES

78 — Deux Corbeilles à deux anses en porcelaine de Sèvres du temps de Louis-Philippe, décor de feuilles d'acanthe et vannerie dorée.

79 — Grande Coupe en porcelaine tendre fond bleu turquoise, à médaillons d'oiseaux et de fleurs, dans une riche monture ornée de quatre figures d'enfants et de deux cariatides en bronze doré.

80 — Deux Lampes forme gourde en porcelaine du Japon moderne, avec montures en bronze doré de style.

81 — Deux Vases en porcelaine fond doré, décorés de sujets romantiques.

82 — Deux Tasses avec Soucoupes en porcelaine de Vienne et de Paris, à sujets et rehauts d'or.

83 — Quatre Groupes en biscuit de porcelaine.

84 — Figure de Figaro en biscuit.

86-88 — Brocs et Cuvettes en porcelaine Louis XVI, à fleurs et guirlandes, Soupière et Pièces diverses.

89 — Assiette en ancienne porcelaine de Sèvres, pâte tendre, marli à fleurs et filets bleus et rinceaux d'or sur fond lilas.

90 — Deux Coupes en porcelaine de Sèvres, à décor de sujets pastoraux, avec montures de bronze.

91 — Diverses Pièces : Assiettes et Tasses en porcelaine de Sèvres moderne et en porcelaines diverses.

OBJETS DE VITRINE

92 -- Cinq Médaillons en émail de Limoges : Bustes d'empereurs romains.

93 — Trois Médaillons ovales en émail de Laudin et de Nouailhier : Jésus, la Vierge et sainte Catherine.

94 — Quatre Médaillons ovales peints sur émail en camaïeu rose, représentant les Saisons.

95 — Cinq Médaillons en émail des XVIIe et XVIIIe siècles : Portraits et sujets variés.

96 — Dix grands Boutons et quatre petits en Weedgwood, avec entourages de strass, époque Louis XVI.

97 — Deux paires de Boucles en strass.

98 — Douze Boutons Louis XVI en acier.

99 — Grande Croix normande en argent découpé et strass.

100 — Broche et lot de Bijoux ornés de strass et de pierres de couleur.

101 — Deux Boîtes oblongues en ancien émail de Saxe.

102 — Clef de chambellan en cuivre.

BOIS SCULPTÉS

103 — Très beau Groupe en bois sculpté du XVIe siècle : le Christ mort sur les genoux de sa mère, au milieu de six personnages.

104 — Haut-Relief en bois sculpté, du XVIIe siècle : le Couronnement de la Vierge.

105 — Haut-Relief du XVIe siècle, en bois sculpté et peint : la Nativité.

106 — Horloge en forme de monument à tourelles et clocheton avec porte, ornée d'un écusson, armorié du XVIe siècle, en bois sculpté.

107 — Deux Statuettes de vendangeurs en bois sculpté, XVIIe siècle.

CURIOSITÉS, OBJETS DIVERS

108 — Petit Plat en étain de Briot, à médaillons, allégories des Saisons au pourtour.

109 — Groupe de deux figures : Homme et Enfant, en ivoire et bois sculpté. Travail napolitain du XVIIe siècle.

110 — Médaillon : Buste de Franklin. Terre cuite du chevalier Nini.

111 — Médaillon en marbre blanc : Portrait de Pie IX.

112 — Trois Miniatures à l'huile : Portraits d'hommes du XVIIe siècle.

113 — Trois Divinités indoues en argent.

114 — Deux autres Divinitésen terre cuite.

115 — Trois Divinités égyptiennes en émail.

116 — Divinité indoue en bronze.

117 — Jolie Boîte à jeu du temps de la Régence, en bois laqué bleu, couverte d'ornements dorés, à figures de comédiens, dais et lambrequins; elle contient quatre boîtes à fiches de couleurs variées.

118 — Boîte à jeu à sujet peint au vernis de Martin et décorée de paysages au pourtour.

119 — Deux Pyramides carrées en bois de palissandre et marqueterie de cuivre et d'étain.

120 — Deux Vases en émail de Chine décorés de sujets familiers.

121 — Ménagère en émail de Chine, avec cinq flacons.

122 — Deux Gobelets à couvercle et une Boîte à compartiments en émail de Chine, fond gros bleu, à médaillons.

123 — Christ en ivoire sculpté.

124 — Crucifix en nacre.

125 — Environ quinze Pièces en verre gravé de Bohême et verre de Venise : Carafes, Verres, Flacons à liqueurs, etc.

126 — Musique de Genève dans un coffret en laque.

127 — Boîte à ouvrage et Porte-Montre en mosaïque de Bombay.

128 — Trois Tableaux brodés sur soie, de travail italien.

129 — Grande Lettre ornée du XVe siècle, peinte sur vélin et représentant un sujet dans un encadrement de fleurs.

TABLEAUX, GRAVURES EN COULEURS

ET AUTRES

130 — *Coronation of his most gracious Majesty king George The Fourth.*

— *His most gracious Majesty, King George the Fourth.*

Deux pièces en couleurs.

131 — Bull broke Loose.

— Combat de chiens.

Deux gravures anglaises en couleurs.

132 — Aquarelles.

133 — Gravures encadrées, Lithographies colorées.

134 — Deux Pièces, d'après Lavreince.

135 — Aquarelle, d'après Boucher : Pastorale.

136 — Gouaches, d'après Raphaël.

137 — Tableaux modernes, sujets de genre, Scènes d'intérieur, Fleurs et Paysages.

BRONZES

138 — Pendule en bronze doré, surmontée d'une figure de liseuse avec large frise, jeux d'enfants allégories des arts.

139 — Deux Candélabres de style Louis XVI en bronze doré, à figures de Cupidon tenant un bouquet de lys. Socles en marbre blanc.

140 — Galerie de foyer en bronze, à figures de Sirènes.

141 — Deux chenets de style Louis XVI modèle à doubles vases-cassolettes, médaillons et branches de lauriers.

142 — Pendule en bronze doré : Le Char de Vénus. Sur socle en marbre vert de mer.

143 — Deux Girandoles Empire, à quatre lumières, en bronze doré en partie.

144 — Lanterne d'antichambre de style Louis XV.

145 — Deux Flambeaux Louis XVI.

146 — Groupe équestre en bronze, Jockey sur un cheval de course.

147 — Grande Lampe de style chinois, en bronze vert, avec dragon enroulé autour du col.

148 — Pendule en bronze doré à deux figures d'amours et guirlandes.

MEUBLES ANCIENS

149 — Belle Pendule Louis XIV et son socle de suspension en marqueterie de cuivre et d'écaille, ornée de bronzes rocaille, à trophée d'attributs et surmontée d'un vase.

150 — Vitrine Louis XVI en bois d'acajou, à colonnes d'angles cannelées; dessus de marbre blanc.

151 — Glace de style Louis XIII, à biseaux, ornée d'appliques en cuivre estampé.

152 — Table en bois sculpté et doré, avec dessus en ancienne mosaïque de Florence.

153 — Quatre Chaises hollandaises en marqueterie de bois à fleurs.

154 — Console de suspension à quatre volutes en marqueterie de cuivre et d'écaille, époque Louis XIV.

AMEUBLEMENT MODERNE

REZ-DE-CHAUSSÉE

Meubles de grand et petit salon : Canapés et fauteuils recouverts de satin cerise, de soie brochée, de satin noir capitonné.

Chaises légères en bois doré.

Deux Meubles d'entre-deux, Table de milieu, Bonheur-du-Jour et Table à jeu en marqueterie de bois à fleurs et ornements.

Tenture en velours rouge.

Lustre et Appliques en bronze et cristaux.

Deux Glaces ovales et carrées à bordures dorées.

Grand Tapis à fleurs.

Console en bois sculpté et doré.

Ameublement de petit salon en chêne sculpté et velours vert.

Bibliothèque en chêne sculpté.

PREMIER ET SECOND ÉTAGE

Ameublement de cinq chambres à coucher

Tentures en satin jaune.

Glaces de style Louis XIV.

Pendules en bronze doré et marbre.

Chiffonnier Louis XVI.

Sièges couverts en velours et soie.

Meuble vitré du temps de l'Empire en bois d'acajou orné d'appliques en bronze doré.

Tentures en satin de laine.

Gravures d'après Léopold Robert.

Bibliothèque

Coffre de sûreté en fer.

Meubles courants.

Meubles et Batterie de cuisine.

Literie et Rideaux.

Vaisselle et Verrerie.

Grand nombre de Pièces de services en porcelaine de Sèvres moderne et en porcelaine décorée, Objets d'étagère, etc.

Argenterie — Plaqué.

Diamants et Bijoux.

Deux beaux Boutons d'oreilles formés chacun d'un gros brillant, avec pendants, perles et petits brillants.

Montre en or, à répétition, avec double cuvette.

Montre de dame, double cuvette, en or.

Chaîne en or et onyx.

Bracelet en or, avec médaillon, orné de deux perles.

Bracelet en or avec médaillon.

Chaîne de cou en or, avec coulants et porte-mousqueton.

Deux Épingles de bonnet, montées de roses et de perles.

Une Bague d'or, montée de deux brillants.

Deux Boutons de manchettes en or émaillé et brillants.

Une Bague d'or, montée de petits brillants.

Une Face-à-Main en or.

Une Boucle de ceinture camée coquille.

Parure composée de deux Bracelets montés sur cuivre, une Broche en or; le tout orné de camées coquilles.

Un Flacon en or et cristal, une Broche en or émaillé entourée de fausses perles, une autre Broche en mosaïque de Rome.

Autres Bijoux en or et argent : Bagues, Boucles d'oreilles, Épingles, Montre Louis XV, etc.

Lot de Monnaies Louis XIV et Louis XV en argent.

PLANTES

Deux beaux Chamœrops en bacs.

Plantes diverses de serre et de jardin.

Sièges de Jardin en fer.

Ve Renou, Maulde et Cock, impr de la Compagnie des Commissaires-Priseurs, rue de Rivoli, 144. 46992

www.ingramcontent.com/pod-product-compliance
Ingram Content Group UK Ltd.
Pitfield, Milton Keynes, MK11 3LW, UK
UKHW020229180726
13838UKWH00005B/2279

9 782329 344812